LES HUITRES

PAR

X. MOULS

Curé d'Arcachon, chevalier de la Légion d'Honneur,
membre de plusieurs sociétés savantes.

Prix : 2 fr. 50 c.

Propriété de l'auteur

BORDEAUX
IMPRIMERIE GÉNÉRALE DE Mᵐᵉ CRUGY
rue et hôtel Saint-Siméon, 16.

1861

LES HUITRES

Le domaine des mers peut être mis en culture
comme les terres.

(Rapport de M. Coste à S. M. l'Empereur,
le 28 juin 1858.)

L'idée de la mise en culture de la mer.... fait
de nos rivages un champ de production capable
d'approvisionner tous les marchés de l'Europe.

(Autre rapport du 28 avril 1861.)

LES
HUITRES

PAR

X. MOULS

Curé d'Arcachon, chevalier de la Légion d'Honneur,
membre de plusieurs sociétés savantes.

Prix : 2 fr. 50 c.

Propriété de l'auteur.

BORDEAUX

IMPRIMERIE GÉNÉRALE DE Mme CRUGY,
rue et hôtel Saint-Siméon, 16.

1861

Arcachon, 15 septembre 1861.

A M. COSTE, *membre de l'Institut.*

MONSIEUR,

L'industrie des huîtres était en pleine décadence sur tout le littoral de notre France. L'application de vos savantes méthodes a conjuré sa ruine et créé son âge d'or. Elle ne donnait annuellement qu'un millier de francs dans la Baie privilégiée d'Arcachon ; grâce à vous, Monsieur, elle y produit aujourd'hui plusieurs millions ; et, lorsque son alliance avec l'Inscription maritime lui permettra de se développer librement, ses revenus s'élèveront, comme vous le dites si bien, de 12 à 15 millions. Quel trésor !....

L'étude de ces merveilleux résultats dans notre Baie, votre bienveillance et vos encouragements m'ont déterminé à livrer au public ce modeste travail *sur les huîtres.* Sans vous, Monsieur, il n'aurait jamais vu le jour et obtenu l'honneur de figurer dans les actes du 28e Congrès scientifique de France. Il vous revient donc à tous les titres, malgré ses imperfections. Je ne connais pas de traité plus complet sur cette matière encore très-peu connue. La nouveauté est son seul mérite. Puisse-t-il, en contribuant au progrès de l'ostréiculture, hâter le moment où l'opinion publique vous donnera le rang distingué qui vous est dû parmi les bienfaiteurs de l'humanité !

Ce travail, veuillez l'agréer des mains de la reconnaissance et de l'admiration.

J'ai l'honneur d'être avec respect,

Monsieur,

Votre très-humble et très-reconnaissant serviteur.

X. MOULS.

LES HUITRES

I

LES HUITRES EN GÉNÉRAL

L'huître, *ostrea edulis*, famille des ostracés de Cuvier, est un mollusque acéphale, de la classe des bivalves. Ses valves sont irrégulières, adhérentes, inégales, à charnière sans dents, avec une fossette oblongue, sillonnée en travers et donnant attache aux ligaments.

Acéphale, c'est-à-dire dépourvue d'une tête distincte, elle offre dans son organisation la plus grande simplicité. Son corps est enveloppé tout entier par le manteau, comme un livre dans sa couverture : la peau du dos, en effet, n'est adhérente que vers le milieu, et forme de chaque côté un grand repli ou voile, qui recouvre toutes les autres parties de l'animal. Une coquille composée de deux battants ou valves recouvre entièrement ce manteau, et présente à sa partie supérieure une charnière garnie d'un ligament élas- tique dont le jeu fait bailler les valves toutes les fois que les muscles étendus de l'une à l'autre ne se contractent pas pour les tenir fermées.

La bouche est cachée entre les plis du manteau, et se trouve à l'une des extrémités de la base de l'abdomen. Elle

1

n'est jamais ornée de dents, mais se trouve garnie latéralement de deux paires de prolongements labiaux qui constituent des tentacules lamelleux. L'estomac est assez développé, et l'intestin forme autour du foie plusieurs circonvolutions avant que de gagner le bord postérieur de la base de l'abdomen, où est situé l'anus. Le cœur est placé au-dessus de la masse viscérale, et se compose d'un ventricule aortique et d'oreillettes destinées à recevoir le sang qui arrive des branchies ou appareil respiratoire. Ce ventricule est fusiforme, et présente une particularité remarquable, sa cavité étant traversée par l'intestin rectum.

Enfin, le système nerveux consiste surtout en deux paires de petits ganglions réunis par des cordons, mais très-éloignés l'un de l'autre, et placés, l'un au-dessus de la bouche, l'autre au-dessous de l'anus.

Les fonctions de relation de l'huître sont extrêmement bornées ; elle peut à peine se déplacer en fermant brusquement sa coquille : *elle bouge, mais ne marche pas.* Emprisonnée entre deux valves aussi dures que sa chair est molle, à peine peut-elle les entr'ouvrir pour prendre sa nourriture. Elle vit presque immobile au fond de l'eau, ou fixée aux rochers ou aux bois à l'aide d'un faisceau de filaments qui naît du pied, et qu'on appelle byssus.

Toutefois, dans sa paisible demeure, elle oppose, par son extérieur raboteux, une forteresse inexpugnable aux plus redoutables tyrans des eaux. Mets délicieux, l'huître a une place honorable parmi les êtres vivants, surtout parmi les mollusques. Le microscope nous a révélé tout un monde de merveilles dans sa formation, sa naissance et son développement.

L'huître est complètement hermaphrodite et se renouvelle d'elle-même sans aucun concours extérieur. De là résulte l'impossibilité d'obtenir de nouvelles races par le croisement, et de les propager par des fécondations artificielles. Du reste, la fécondité propre à ce mollusque rendrait ce dernier moyen superflu : la quantité d'œufs qu'il produit est immense. Ils s'élèvent certainement à plusieurs centaines de mille à chaque ponte. Or, il est possible qu'elle en opère plusieurs dans une seule saison, comme semble l'indiquer la réapparition des éléments de la reproduction pendant que l'huître contient des embryons en incubation dans son manteau. Quoi qu'il en soit, la fécondité de ce mollusque arrive à des proportions extrêmement remarquables : un ou deux millions de sujets annuellement.

L'huître fraye de mai en septembre. Elle n'abandonne point ses œufs, à la manière d'un grand nombre d'animaux marins, mais les retient, les garde, les protège jusqu'à ce qu'ils aient acquis un certain degré d'organisation. Elle les conserve instinctivement dans les lobes de son manteau. Maintenus par ces lobes, répandus entre les lames branchiales, les ovules y sont plongés dans une substance muqueuse, sécrétée par ces organes, et qui est nécessaire à leur évolution et à leur accroissement.

Les ovules et les embryons agglomérés dans le manteau de l'huître forment une sorte de bouillie blanchâtre à laquelle on a donné le nom de lait ou de *frai*. Le frai, d'un blanc de lait pendant un certain temps, prend une teinte légèrement violacée et même brunâtre, lorsque les ovules dont il est presque entièrement composé sont transformés en embryons, pourvus d'une coquille plus ou moins colorée, qui paraît de très-bonne heure, et qui contient du carbonate de chaux.

Après un travail d'un mois environ, l'huître rejette ces embryons munis d'une coquille et d'un appareil locomoteur qui leur permet de s'éloigner et de se répandre sur les corps voisins.

Ce locomoteur est aussi un organe de respiration et peut-être même d'audition, mais surtout de vision ; car, comment comprendre sans l'organe de la vue, quoique rien ne le révèle au microscope, les admirables évolutions des embryons ?

« Rien n'est plus curieux et plus intéressant, dit M. Davaine, dans ses *Recherches sur la génération des huîtres*, p. 39, que de voir sous le microscope ces petits mollusques parcourir la gouttelette d'eau qui les réunit en grand nombre, s'éviter mutuellement, se croiser en tous sens avec une merveilleuse rapidité, sans se heurter, sans se rencontrer jamais. La petite huître ne se sert de son appareil que pour nager, et jamais pour marcher ou ramper ; jamais non plus les cils qui la recouvrent ne suspendent leurs mouvements vibratoires.

» La base de l'appareil locomoteur se rétrécissant graduellement, cet organe devient de plus en plus proéminent et n'est bientôt plus attaché que par un pédicule assez mince. Néanmoins, il entraîne encore l'embryon à sa remorque. Enfin, ce dernier lien se brise, et la petite huître tombe et reste immobile, tandis que son appareil, vivement agité par le mouvement de ses cils, continue à circuler dans le liquide ambiant ; mais alors, organe aveugle et sans volonté directrice, il se jette sur tout ce qu'il rencontre, roule sur lui-même, sur la lame de verre, jusqu'à ce que, arrêté par quelque obstacle, il manifeste néanmoins longtemps encore sa vitalité par l'agitation de ses cils. »

A l'époque de la chute de l'appareil locomoteur, la coquille de l'embryon n'est point symétrique, mais ses deux valves sont semblables. L'appareil, qui est à la fois un ap-

pareil de préhension, de respiration et de locomotion, déter-
mine par sa chute dans l'état de l'embryon des changements
en rapport avec ces trois fonctions. On voit apparaître alors
des lèvres pour saisir les aliments, un estomac pour les di-
gérer, des viscères, et aussi des branchies pour respirer. Le
cœur se révèle; la vie semble s'éveiller avec énergie; le
cœur se met à battre des battements accélérés qui se règlent
à mesure que l'animal grandit. Mais aucun organe ne vient
accomplir la troisième fonction du locomoteur, et l'huître
est condamnée pour toujours à l'immobilité.

Il paraîtrait que, dans les premiers jours de ce nouvel état,
la croissance de ces mollusques est très-rapide, et qu'en général un an leur suffit pour devenir adultes. Elle varie beaucoup, selon la nature des eaux et des fonds : tandis que, dans
certains parages naturellement ingrats, il leur faut quatre
ou cinq ans pour être marchandes, c'est-à-dire avoir six
à sept centimètres de diamètre, dans d'autres, vingt-cinq
ou trente mois suffisent.

Les huîtres sont alors un mets délicieux. Cet aliment est
très-estimé depuis un temps immémorial. Il faisait les dé-
lices des anciens. Pline a eu soin de transmettre à la pos-
térité le nom du premier Romain (Sergius Orata) qui pos-
séda un vivier pour les engraisser et les conserver. « Sergius
Orata, homme riche, élégant, d'un commerce agréable, et
qui jouissait d'un grand crédit, imagina d'organiser des parcs
d'huîtres, et de mettre ce mollusque en renom. Il fit venir
ces huîtres de Brindes et persuada à tout le monde que
celles qu'il élevait dans le lac Lucrin y contractaient une
saveur qui les rendait plus estimables que celles de l'Averne,
ou même que celles des contrées les plus célèbres. Son opinion prévalut avec une telle rapidité que, pour suffire à la
consommation, il finit par occuper presque tout le pourtour

du lac Lucrin de constructions destinées à les loger ; s'emparant ainsi du domaine public avec si peu de ménagements, qu'on fut obligé de lui intenter un procès pour le déposséder de son usurpation. Au moment où lui survint cette mésaventure, et pour exprimer le degré de perfection où il avait amené cette industrie, on disait de lui, par allusion aux bains suspendus dont il fut aussi l'inventeur, que si on l'empêchait d'élever des huîtres dans le lac Lucrin, *il saurait bien en faire pousser sur les toits.* (Extrait de M. Coste, p. 90.)

Macrobe assure qu'on en servait aux pontifes romains à tous leurs repas. Celles de l'Hellespont, du détroit de Cumes, et surtout du lac Lucrin, étaient vantées. et l'épicurien Horace a célébré dans ses vers celles de Circé. Mais on ne dit pas que les Romains, qui avaient poussé si loin le luxe de la table, donnassent la préférence aux huîtres vertes, ni même qu'ils les connussent.

Indépendamment d'une *albumine* abondante et de peu de cohésion, elles contiennent de la gélatine, des sels, de l'osmazome, du fer, et surtout du phosphore.

« L'huître, dit le docteur Henri Cottin dans son excellent journal *la Santé universelle,* est un aliment nourrissant, sain, léger, de très-facile digestion, aliment convenable dans les maladies chroniques et dans les convalescences, à l'exception des cas où l'intestin est irritable. L'eau ou plutôt la sécrétion que contiennent les huîtres en facilite beaucoup la digestion ; mais cette eau paraît stimuler un peu l'intestin, à la manière de certaines eaux minérales. Elles conviennent à tous les tempéraments, à tous les âges, et surtout dans toutes les affections des voies respiratoires, pendant le cours desquelles sont permis les aliments. Elles conviennent, notamment, aux scrofuleux, aux goutteux, aux chlorotiques, etc., etc. »

Pour remplir ces conditions, elles doivent être prises en *temps*, *manière* et *lieux* convenables. Vivantes et abondamment pourvues de leur eau, elles sont bonnes, parce qu'elles se trouvent fraîches. Disons toutefois que, mangées quelques heures après avoir été recueillies dans les parcs, elles sont meilleures qu'en sortant de l'eau; dans ce dernier cas, elles ont un goût de vase âcre et bitumineux. Privées de leur fraîcheur, elles deviennent un mets repoussant pour tout le monde. On peut les manger *crues*, *cuites*, *marinées*, et sous forme de médicament. Crues, elles sont meilleures qu'autrement; toutefois, il importe de s'en abstenir à l'époque du frai, c'est-à-dire aux mois de mai, juin, juillet et août. Ce n'est pas un préjugé de croire qu'il faut y renoncer pendant les mois qui n'ont point la lettre R : alors les huîtres mères, se trouvant remplies d'un liquide laiteux, sont malsaines et mauvaises; mais celles qui ne frayent pas font exception à la règle. Pour les reconnaître, choisissez le moment où la marée montante les invite à ouvrir leurs valves pour prendre leur nourriture; en sentant la main qui les saisit, elles se fermeront : celles qui rejetteront le frai sont malsaines et peuvent causer des douleurs d'entrailles. Vous pouvez sans danger avaler les autres, mais vous les trouverez maigres, coriaces, dépourvues de saveur par suite des pontes et des chaleurs de l'été. Cet aliment n'est véritablement délicieux qu'en hiver.

Ici se présente un problème difficile à résoudre : Y a-t-il plusieurs espèces d'huîtres? Les uns l'affirment, les autres le nient. Sans prétendre résoudre la question, nous dirons qu'on distingue les huîtres fossiles et les huîtres vivantes. Les naturalistes ont recueilli des huîtres fossiles d'une dimension extraordinaire, véritables colosses antédiluviens, en comparaison des huîtres qui peuplent aujourd'hui les

eaux. Il y a les huîtres d'eau douce et celles d'eau salée, qui
sont les plus nombreuses et les plus variées. Chaque rivage
a les valves de ce mollusque en harmonie avec la nature de
ses fonds : ici, elles se trouvent noirâtres, opaques, rabo-
teuses ; là, elles sont nacrées, transparentes et polies.

Les unes sont grandes, les autres moyennes, les autres
petites. Celles-ci affectent une forme, celles-là une autre.
Mais, malgré l'opinion générale des naturalistes, il est difficile de conclure que ces diverses catégories constituent plusieurs espèces d'huîtres, lorsqu'on a observé, comme nous,
qu'un séjour un peu prolongé leur donne la teinte, la forme
et le goût des huîtres du lieu où on les a transportées.
C'est dans l'Océan et dans les mers intérieures, au fond des
chenaux qui jamais ne se découvrent, qu'on pêche les huîtres énormes connues sous la dénomination de *pied de che-
val*. Semblables aux autres par la forme, elles en diffèrent
par la dimension et le goût. Durcies par l'âge, elles n'ont
point le goût agréable des huîtres ordinaires. Crues, elles
sont moins bonnes que cuites ou marinées. Il s'en fait une
grande consommation, surtout dans le nord de la France,
à Caen et à Rouen.

Les huîtres d'Ostende, si recherchées à Paris, peuvent
être regardées comme le type des petites huîtres. Elégantes
dans la forme, nacrées, transparentes, elles sont délicieuses.
Les huîtres moyennes ont de six à neuf centimètres de diamètre. Cette catégorie est la plus nombreuse et la plus variée.
On y distingue surtout les gravettes et les huîtres vertes.

Les détails que, dans la troisième Étude, nous donnerons
sur la gravette du Bassin d'Arcachon, qui est très-connue
dans le Midi de la France, et principalement à Bordeaux,
nous dispensent d'entrer plus avant dans cette matière. Nous
allons nous occuper des huîtres vertes.

Les huîtres vertes sont dues à un procédé artificiel : pour les faire verdir, on les dépose doucement, avec ordre, sans les entasser, dans un parc bien nettoyé et garni de galets couverts d'un léger dépôt verdâtre de mousse marine. Tandis que, dans les parcs d'huîtres blanches, il n'y a pas d'inconvénient à laisser entrer l'eau salée, ici toute communication avec la mer doit être sévèrement interrompue, excepté aux nouvelles et pleines lunes, où il est permis d'introduire à peu près un quart du volume d'eau que renferme le dépôt. L'expérience a démontré que les huîtres ne verdissent jamais dans les lieux où l'eau monte à chaque marée ou bien se renouvelle entièrement aux nouvelles et pleines lunes. Elles verdissent plus promptement lorsqu'on les laisse cinq ou six heures sur les bords du parc, avant de les y introduire. Altérées, elles boivent avec avidité et verdissent sans retard, souvent en vingt-quatre heures. Un mois suffit pour leur donner une teinte très-foncée. Les mois tempérés, comme avril, mai, septembre et octobre, sont les plus favorables. Elles l'acquièrent mieux au printemps qu'en automne, rarement en été, jamais en hiver. Un temps orageux et une pluie douce sont excellents. Si l'eau est agitée par les vents du nord, elles restent blanches. Remises dans la mer, les huîtres verdies en mars et en avril reprennent leur couleur naturelle; celles d'automne demeurent vertes en hiver. Toutes les années ne favorisent pas également le procédé dont nous parlons. Il est bien rare que le même parc colore les huîtres deux fois par an.

Les auteurs ne sont pas d'accord sur l'origine du principe colorant des huîtres vertes. Les uns prétendent que c'est le sol lui-même qui le contient; d'autres, que c'est un animalcule (*vibrio ostrearius*) ou certaines algues qui le donnent; d'autres, enfin, l'attribuent à une sorte d'ictère, ou à une maladie du foie, dont la sécrétion surabondante teindrait en vert le parenchyme de l'appareil respiratoire des animaux, influencés par le régime auquel on les soumet dans les claires.

De ces trois opinions, celle qui attribue à la nature du sol le pouvoir de verdir semblerait la plus conforme au véritable état des choses. C'est, du moins, ce que tend à établir l'analyse comparative des terres prises dans les claires qui verdissent et dans celles qui n'ont point cette propriété.

Il importe d'observer que, grandes, moyennes ou petites, toutes les huîtres blanches doivent généralement, avant d'être livrées à la consommation, avoir séjourné quelque temps dans un parc pour se délivrer du goût de vase âcre et bitumineux qu'elles ont dans la mer, et s'engraisser, à la manière des oiseaux dans une volière. Ces parcs sont ordinairement des réservoirs de quelques pieds de profondeur, garnis de galets et de sable, à parois en talus. Communiquant avec la mer, l'eau de ces réservoirs se renouvelle à chaque marée. On reconnaît que les huîtres ont été suffisamment parquées, lorsque l'extérieur de leurs valves, après des manipulations répétées, est devenu moins rugueux et se trouve poli.

Terminons cette première Étude par l'examen des fonds qui peuvent convenir aux huîtres.

A l'exception des terrains *exclusivement* vaseux, tous les autres sont plus ou moins favorables à l'ostréiculture. Comme, d'après les données de la science, leur étendue sur les rivages de l'Océan est peu considérable, il s'ensuit que presque tout le littoral de l'Europe et du monde peut être transformé en une vaste huîtrière. J'espère que la suite de ces études démontrera cette vérité jusqu'à l'évidence. Parmi les fonds propres à l'ostréiculture, les uns sont *émergents*, les autres ne découvrent jamais.

1° *Fonds émergents.* Un fond de sable coquillier, légèrement enduit de vase, clair-semé d'algues pour nourrir ce
mollusque de concert avec les matières apportées par la
mer; où l'eau, par le flux et le reflux, se renouvelant sans
cesse, entraîne dans son cours les dépôts malsains, et com-
munique par son mouvement les propriétés vivifiantes
d'une constante aération, est sans contredit le fond le plus
riche pour les huîtres. Elles y naissent en abondance, s'y
développent en vingt ou vingt-cinq mois, et peuvent, sans
préparation, sans séjour et manipulation dans des parcs,
passer directement sur les marchés et sur les tables les mieux
servies. Tels sont, comme nous le verrons bientôt, les avantages que présente une grande partie des terrains émergents
de la baie d'Arcachon.

2° Les vasières, quand elles existent sur des rochers, peuvent être transformées en fonds huîtriers. Il suffit d'établir,
avec des fragments de roches, des enceintes sur toute l'é-
tendue de la plage envasée dont on veut purger le sol; de
dresser dans cette enceinte des pierres verticales assez rapprochées les unes des autres pour qu'en se retirant, le flot,
brisé contre ces obstacles, se divise en rapides courants et
entraîne la boue délayée vers la partie déclive, où un égout
collecteur la conduit au large. Chaque fond ainsi organisé
devient un appareil de curage que le jeu des eaux convertit
en champ de production. La semence, apportée du large
par les courants, se fixe aux rochers, aux murailles de l'enceinte, qui disparaissent sous un immense gisement d'huîtres
bientôt marchandes.

3° Mais l'industrie peut étendre son action jusqu'aux pro-
fondeurs de la mer, et créer, comme à Saint-Brieuc et ailleurs, dans les régions qui jamais ne découvrent, à une
profondeur d'eau de 15 à 20 mètres, des champs huîtriers

sur un fond solide, naturellement propre, composé de sable coquillier ou madréporeux, légèrement enduit de marne ou de vase, clair-semé de pailleul, et où le flot apporte une eau sans cesse renouvelée.

4° Ce n'est pas seulement presque tout le littoral de l'Océan et des mers intérieures qui peut être transformé en champs huîtriers ; les étangs salés jouissent aussi de ce privilége. Au fond de la baie de Poulmic existe un petit étang naturel, alimenté par la mer, et qui n'assèche jamais. En 1858, le célèbre pisciculteur M. Coste, voulant expérimenter ses méthodes, y fit déposer des huîtres mères, et obtint une merveilleuse richesse de reproduction. La quantité et la qualité des produits dépassèrent toutes ses espérances.

En résumé, mollusque acéphale des plus intéressants de la classe des bivalves ; aliment sain et délicieux, excepté à l'époque du frai, l'huître, qu'elle se compose d'une ou de plusieurs espèces ; présente au naturaliste tout un monde de merveilles : son hermaphrodisme complet est tel, qu'il n'en a point été signalé de semblable dans la classe si nombreuse des mollusques, et que, parmi les autres animaux, on ne peut en rapprocher que celui de la *synapte* de Duvernoy. La propagation par des fécondations artificielles et l'amélioration des espèces ou races ou individus par des croisements sont impossibles, parce que l'huître se doit toute à elle-même. Sa fécondité annuelle est immense, et s'élève ordinairement à un ou deux millions de sujets, capables de peupler le littoral de l'Océan. Presque tous les rivages des mers et des étangs salés peuvent facilement être convertis en véritables champs huîtriers, d'une richesse incalculable pour les États.

II

LES HUITRES EN FRANCE.

Riche du côté des terres, la France ne l'est pas moins du côté des mers. L'Océan et la Méditerranée, sans parler de ses possessions extérieures, la baignent de leurs flots sur une longueur d'environ trois cent cinquante lieues.

. Or, s'il est vrai de dire que presque tous les rivages de la mer sont favorables à l'ostréiculture, il faut ajouter que la France brille aux premiers rangs. Il est possible que la Méditerranée fasse exception à cette règle; mais l'Océan, chez nous, est d'une fertilité qui tient du prodige. Ses bords ont eu, de tout temps, des bancs d'huîtres de plusieurs kilomètres de long, et si considérables qu'ils formaient des écueils pour la navigation. N'avons-nous pas, dès la plus tendre enfance, entendu vanter les gravettes d'Arcachon, les huîtres vertes de Marennes? La Rochelle, Cancale, Granville, en un mot toutes les côtes de Bretagne et de la Normandie n'ont-elles pas toujours été regardées comme des greniers d'abondance et la terre classique de l'ostréiculture? C'est là que la Hollande, l'Angleterre et d'autres contrées maritimes sont venues puiser, comme à la véritable source huîtrière, pour fertiliser leurs rivages.

Toutefois, dans ces derniers temps, ces sources, qu'on croyait inépuisables, ont tari, et l'ère de la décadence a commencé. Les immenses bancs huîtriers de la Baie d'Arcachon ont disparu en peu d'années. A La Rochelle, à Marennes, à Rochefort, aux îles de Ré et d'Oléron, sur vingt-trois bancs, formant naguère un trésor pour cette portion du littoral, dix-huit se trouvaient ruinés, pendant que ceux qui fournissaient encore un certain produit étaient gravement compromis. La baie de Saint-Brieuc, si naturellement et si admirablement appropriée à la reproduction des huîtres, en était démunie, A Cancale et à Granville, ces deux quartiers fameux par l'ostréiculture, ce n'était qu'à force de soins et de bonne administration qu'on réussissait à modérer le déclin de la récolte. La rade de Brest et l'embouchure des rivières de la Bretagne offraient le même spectacle. La décadence était complète. Plusieurs causes l'avaient amenée :

1° Plus privilégiées qu'un grand nombre d'animaux, en quittant les valves de leur mère, les petites huîtres sont pleines de vie et en état de pourvoir à leur entretien. Malheureusement, elles se trouvent assaillies par de nombreux ennemis. « Avant qu'elles aient touché le sol, dit M. Davaine, alors que, par leur agglomération, elles forment une bouillie laiteuse en suspension dans l'eau de mer, elles deviennent la proie d'une myriade de poissons, de mollusques, de crustacés, etc., etc., qui en détruisent des quantités innombrables; celles qui échappent à la poursuite de tous ces ennemis en rencontrent de nouveaux et de plus nombreux encore sur les pierres, sur les coquilles, sur les plantes où elles doivent se fixer. Tous ces corps, en effet, la coquille maternelle même qui les protégeait, sont recouverts de serpules, de balanes, etc., etc., de polypes incalculables, superposés toujours les uns aux autres, et dont les cirrhes toujours agités, dont les tentacules toujours tendus, saisissent et engloutissent ces embryons lorsqu'ils arrivent à leur portée. Enfin, lorsque les petites huîtres se sont fixées et que leurs valves ont acquis une consistance capable de les protéger contre ces ennemis, il en est d'autres, comme les astéries, les crabes, etc., qui les surprennent dans leur coquille entr'ouverte et les dévorent. »

2° Leur prodigieuse fécondité aurait peut-être résisté longtemps encore à ces œuvres générales de destruction ; mais d'autres causes non moins terribles en accéléraient la ruine : les abus de la pêche, aggravés par l'incurie, mettaient le comble à la dévastation. Les bancs huîtriers n'étant l'objet d'aucun soin, il en résultait qu'ici, comme dans l'île de Ré, les huîtres se trouvaient envahies par leurs ennemis, les moules ; que là, comme dans la rade de Brest, c'était l'envahissement non moins redoutable du maërle. Ailleurs elles étaient étouffées dans la vase. Nulle part, à l'exception de Granville et de Cancale, les champs huîtriers n'étaient soumis au régime si salutaire des coupes réglées. On ne respectait même pas l'époque du frai : tandis que les polypes, la vase, les courants détruisaient des millions d'embryons, les pêcheurs complétaient la ruine par la destruction des huîtres adultes, sans s'occuper des petits sujets qui avaient trouvé un asile sur les valves de leurs mères.

3° Malgré toutes ces causes de mort, la décadence avait fait de moins rapides progrès dans la rade de Brest, à l'embouchure des rivières de la Bretagne, à Cancale, à Granville et dans la baie d'Arcachon, par suite de la fertilité de ces parages. Mais la nécessité d'aller leur demander ce qui manquait ailleurs, les poussait visiblement vers leur ruine.

4° De plus, à mesure que l'industrie s'affaiblissait ou restait stationnaire, les voies ferrées multipliant les communications de notre littoral avec l'intérieur des terres, le bien-être des populations croissant de jour en jour, appelaient un plus grand nombre de consommateurs au partage des fruits de la mer. Ces fruits, renchéris par l'insuffisance de la récolte, prenaient sur nos marchés une valeur surexcitée par la concurrence; et les populations maritimes, pressées par le besoin ou entraînées par les séductions d'un bénéfice présent, se livraient à des déprédations qui, dans un avenir prochain, devaient augmenter leur misère.

Ainsi l'industrie huîtrière était arrivée à une telle décadence que, sans un prompt remède, toutes les sources de production allaient être taries.

Le pisciculteur M. Coste, membre de l'Institut, déjà célèbre par ses travaux de repeuplement des rivières, entreprit de conjurer le fléau. Le mal était grand, bien grand; il eut la gloire de lui opposer un remède plus puissant que le mal, par le merveilleux secret, non-seulement de conserver et d'enrichir les bancs naturels, mais encore de créer des bancs artificiels, au moyen d'un ensemencement général de toutes les côtes de France. Découverte inappréciable! immense et salutaire révolution dans l'économie sociale et maritime, due à un procédé bien simple. Partant de ce grand principe incontestable que la mer peut être mise en culture comme la terre, la méthode du savant M. Coste consiste à recueillir, à l'aide de faciles appareils, toute ou presque toute l'abondante semence des huîtres mères, pour la répandre ensuite et la récolter plus tard dans les champs sous-marins, comme l'agriculture sème et récolte son blé. La comparaison est exacte, et le procédé est à peu près le même.

Sans appareils collecteurs, dix ou douze embryons, même dans les années les meilleures, parviennent à peine à se sauver sur les valves de l'huître mère. Tout le reste disparaît par millions, entraîné par les flots, enfoui dans les vases ou dévoré par les polypes. Les embryons sauvés ne sont rien en comparaison des embryons perdus. Le grand problème consistait donc à trouver un artifice qui permît de recueillir à peu de frais cette inépuisable semence et de la porter sur les fonds à peupler. M. Coste a su le résoudre par ses appareils qu'il modifie suivant les localités et les fonds sous-marins. Les immenses résultats obtenus jusqu'à ce jour à Saint-Brieuc, dans l'île de Ré, dans la Baie d'Arcachon, démontrent l'excellence des méthodes du savant pisciculteur.

Sans doute d'autres avant lui s'étaient livrés à des essais analogues : depuis un temps immémorial on retenait la progéniture des huîtres à l'aide de clayonnages de bois au milieu des bancs artificiels du lac Fusaro. Des branches d'arbre plongées peut-être au hasard dans l'Océan en avaient été retirées garnies de semence après plusieurs mois de séjour. Mais ces travaux isolés n'ôtent rien au mérite de M. Coste. On sait que les découvertes arrivent pas à pas : l'aurore précède le soleil.

Avant M. Coste, on s'était livré à des essais individuels. Il a opéré en grand sur une vaste échelle. A lui le mérite de l'application et du perfectionnement.

L'avenir surtout nous apprendra ce que la France et l'humanité doivent au génie du célèbre pisciculteur. Sans tirer les conséquences qui découlent de ces grands principes : que le domaine des mers peut être mis en culture comme les terres ; qu'il peut facilement être transformé en une véritable fabrique de substance alimentaire où l'industrie attire et fixe à son gré la récolte dans les lieux qu'elle lui assigne ; que, par une souveraine application des lois de la vie, les rivages de la mer sont des champs de production capables d'alimenter tous les marchés du monde ; que la mer est assez riche pour engraisser toute la terre ; disons que, par une application de ces grands principes à l'ostréiculture, M. Coste a déjà créé sur le littoral de la France une source incalculable de richesses, créé l'âge d'or de l'ostréiculture, préparé une immense et salutaire révolution maritime, industrielle et commerciale, et qu'à ce titre, il a sa place au milieu des bienfaiteurs de l'humanité.

Ce rang il ne l'aura pas conquis sans obstacles. La contradiction est le passeport de toute œuvre sérieuse. M. Coste en est muni : il l'exhibe avec la modération et la délicatesse de langage qui le caractérisent : « Le dénigrement, dit-il, cet éternel parasite de la vérité en ce monde, a voulu faire ranger nos méthodes parmi les chimères, comme il l'a essayé tour à tour pour toutes les grandes découvertes qui sont aujourd'hui la gloire et le trésor de l'humanité. » (Rapport du 12 avril 1861.) Et ailleurs, rapport du 12 janvier 1859 : « Ce que la science conseillait comme une entreprise d'utilité publique, l'empirisme et la routine le condamnaient d'avance comme une chimérique témérité. »

Fort de la vérité, il n'a pas été découragé par les obstacles accumulés autour de lui. Il a poursuivi son œuvre, et, plus heureux que tant d'autres, il voit déjà le succès de ses méthodes : l'industrie marche dans la voie qu'il lui a tracée, et l'opinion publique salue un bienfaiteur de l'humanité.(1).

Dans son rapport à la Société d'acclimatation sur le repeuplement du littoral de l'Océan et de la Méditerranée par la création d'huîtrières artificielles, M. Cloquet, membre de l'Institut, a dit : « L'expérience désormais célèbre de la haie de Saint-Brieuc n'a pas seulement ému nos populations maritimes ; elle a aussi éveillé l'attention des étrangers. Des

(1) Le 15 septembre dernier, dans un banquet où se trouvait une société d'élite, à l'occasion des régates d'Arcachon, M. Autran, commissaire général de la marine à Bordeaux, nous a fait un plaisir indicible en portant un toast à M. Coste, qu'il a salué du titre de bienfaiteur de l'humanité. Ce toast a été la célébration de l'alliance de l'inscription maritime avec l'industrie.

savants distingués, parmi lesquels on pourrait citer M. Van
Benedèn, professeur à l'université de Louvain, M. Eschrickt,
professeur à l'université de Copenhague, ont reçu de leurs
gouvernements respectifs la mission de venir étudier le procédé d'ostréiculture mis en usage dans nos mers, pour en
faire l'application aux côtes de Belgique et de Danemarck. »

Pour bien comprendre ce procédé et apprécier l'état présent de l'ostréiculture en France, voyons l'application des
méthodes de M. Coste sur trois principaux théâtres, qui
résument tous les autres : Saint-Brieuc, l'île de Ré et la
baie d'Arcachon.

1° *Les huîtres dans la baie de Saint-Brieuc.*

C'est dans cette baie que M. Coste a fait ses premiers
essais. En 1857, elle devint l'objet d'un aménagement ayant
pour but de créer des centres de production artificiels et de ra-
viver les anciens bancs naturels, presque totalement épuisés.
Cette baie, qui comptait autrefois quinze bancs en pleine
activité, n'en avait plus que trois, et encore étaient-ils en
grande détresse. Tandis que, aux jours de sa splendeur, elle
voyait plus de 200 barques, montées par 1,400 marins, sans
cesse occupées, à l'époque de la pêche, à exploiter ses hui-
trières, dont la récolte annuelle s'élevait à 3 ou 400,000 fr.,
actuellement 20 bateaux auraient enlevé facilement jusqu'à
la dernière coquille.

Telle était la triste situation de la baie, quand M. Coste
entreprit de la convertir en champs huîtriers. Le 12 janvier 1859, il rendit compte à S. M. l'Empereur de ses opé-
rations dans les termes suivants :

« L'immersion du coquillage reproducteur, commencée en
mars (1858), s'est terminée sous mes yeux vers la fin d'avril.

En ce court espace de temps, trois millions de sujets, pris les uns à la mer commune, les autres à Cancale, les autres à Tréguier, ont été distribués sur dix gisements longitudinaux, répartis eux-mêmes dans les divers points du golfe, et représentant ensemble une superficie de mille hectares; gisements tracés d'avance sur une carte marine, indiquant les champs fécondés, et balisés avec des drapeaux flottants destinés à éclairer la marche des navires qui devaient les ensemencer. Mais pour que cet ensemencement se fît avec toute la régularité d'une pratique agricole, et que les huîtres mères fussent assez espacées pour ne point se nuire en se comprimant, un aviso à vapeur de l'État, tantôt l'*Ariel*, tantôt l'*Antilope*, remorquant les bateaux et une basquine chargée de coquillages, se présentait successivement à l'une des extrémités de chaque quartier balisé, où une embarcation placée en travers lui marquait le point par lequel il devait s'y engager. Puis, s'orientant sur une autre embarcation fixée à l'autre bout, il allait pivoter derrière elle, en suivant l'axe longitudinal de l'espace triangulaire circonscrit par les drapeaux flottants, et revenait au lieu de départ, comme une charrue qui trace dans un champ deux sillons parallèles.

» Pendant que le navire remorqueur exécutait cette manœuvre, les matelots de son équipage, établis sur une flottille remorquée, vidaient à mesure les mannes remplies d'huîtres que leurs soins avaient rangées d'avance pour cette destination; et ces huîtres, tombées dans le sillage, allaient, en s'écartant, peupler les fonds que leur semence fertilise.

» Mais il ne suffisait pas, pour le succès d'une pareille œuvre, d'avoir placé le coquillage dans les conditions les plus favorables à sa multiplication; il fallait encore organiser autour de lui et au-dessus de lui de prompts moyens d'en recueillir la progéniture et de la contraindre à se fixer sur les champs où elle commençait à se répandre, car l'immersion avait eu lieu au moment des premières pontes.

» Cette seconde opération, qui transforme le golfe ensemencé en une sorte de métairie sous-marine soumise aux diverses pratiques d'une exploitation rationnelle, a été accomplie au moyen de deux artifices dont l'emploi simultané donne déjà des résultats immenses, et qui, dans un avenir prochain, permettront d'augmenter la recette quand on le voudra, pourvu qu'on les multiplie en proportion des approvisionnements dont on aura besoin.

» L'un de ces artifices consiste à paver d'écailles d'huîtres, ou de tout autre coquillage, les fonds des champs producteurs, de manière à ce qu'il ne puisse y tomber un seul embryon sans y rencontrer un corps solide pour s'y fixer.

» Le second artifice, celui qui est destiné à recueillir la semence entraînée par les courants et à en faire tomber sur les corps solides sous-posés les tourbillons qui ne s'incrustent pas dans ses mailles, consiste en de longues lignes de menues fascines, disposées en travers comme des barrages échelonnés d'une extrémité à l'autre de chaque gisement. Ces fascines. véritables appareils collecteurs de semences, formées de branchages de 4 à 5 mètres, attachées par le milieu de leur longueur, au moyen d'un filin, à un lest en pierre qui les tient élevées à 30 ou 40 centimètres au-dessus des fonds producteurs, ont été descendues sur ces fonds par des hommes revêtus d'un scaphandre et chargés de poser à l'entour un certain nombre d'huîtres à l'état de parturition...... Des amers pris avec le plus grand soin forment, sur des cartes spéciales habilement dressées, des moyens de reconnaissance qui permettent d'aller à coup sûr à la rencontre de chaque ligne, d'y relever l'une après l'autre les fascines dont elles sont formées, d'en extraire la récolte avec autant de facilité que peut le faire l'agriculteur pour celle des espaliers qui portent les fruits de ses domaines. »

Tels sont les moyens adoptés pour la fertilisation du golfe. Voici maintenant les résultats; laissons parler M. Coste : « Déjà (après six mois d'essais) les promesses de la science se traduisent en une saisissante réalité. Les trésors que la persévérante application de ces méthodes accumule sur ces champs en pleine germination, dépassent les rêves de ses plus ambitieuses espérances. Les huîtres mères, les écailles dont on a pavé les fonds, tout ce que la drague ramène, enfin, sont chargés de naissain; les grèves elles-mêmes en sont inondées. Jamais Cancale et Granville, au temps de leur plus grande prospérité, n'ont offert le spectacle d'une pareille production. Les fascines portent dans leurs branchages et sur leurs moindres brindilles des bouquets d'huîtres en si grande profusion, qu'elles ressemblent à ces arbres de nos vergers qui, au printemps, cachent leurs rameaux sous l'exubérance de leurs fleurs. On dirait de véritables pétrifications. Pour croire à une telle merveille, il faut en avoir été le témoin. »

Le Préfet et le Conseil général des Côtes-du-Nord, après l'avoir contemplée, l'ont consignée dans un rapport où ils votent des remercîments à M. Coste. L'examen de la plus ancienne et de la plus récente huîtrière créées a démontré à ces messieurs que l'entreprise ne laisse rien à désirer : la drague promenée pendant quelques minutes sur les bancs de Saint-Marc amenait chaque fois plus de 2,000 huîtres comestibles, et les collecteurs contenaient d'innombrables huîtres.

Les échantillons que M. Coste a mis sous les yeux de l'Académie des Sciences révèlent hautement quelle est l'étendue des richesses que les *procédés artificiels d'immersion* doivent créer sur les fonds en culture. Tel est l'état actuel de l'ostréiculture en France, dans la baie de Saint-Brieuc. Étudions-la maintenant dans une autre contrée.

2° *Les huîtres dans l'île de Ré.*

Presque ruinée dans l'île de Ré, avant l'application des méthodes du savant pisciculteur, l'industrie des huîtres a accompli en deux ans, par la multiplication du coquillage, de tels prodiges que les richesses créées ont changé la condition sociale de cette population maritime. Plusieurs milliers d'hommes, venus de l'intérieur des terres sur le rivage, pour y prendre possession des fonds émergents concédés en lots individuels par l'Administration, ont transformé en deux ans une immense et stérile vasière en un riche domaine sous-marin.

Ici, les conditions n'étant pas les mêmes qu'à Saint-Brieuc, l'industrie a dû recourir à des procédés différents. Elle avait à écouler la vasière qui rendait impossible la culture de l'huître, et à former des appareils qui fussent à l'abri des animaux destructeurs du bois. Ce double but a été atteint par les empierrements dont elle a couvert la plage, à l'exemple de ce qui se fait dans les parcs de *Lolen* et de *La Rochelle*. « Les travailleurs ont déchiré par la mine et par le fer les bancs de roches énormes dont le pourtour de leur île était bordé, et, avec des fragments, ils ont formé des enceintes sur toute l'étendue de la plage envasée dont ils voulaient purger le sol. Puis, dans l'intérieur de ces enceintes, ils ont planté des pierres verticales assez rapprochées les unes des autres pour que, en se retirant, le flot, brisé contre ces obstacles, se divise en rapides courants et entraîne la boue délayée vers la partie déclive ou un égout collecteur la conduit au large. » (Rapport de M. Coste, 22 mars 1861.) Mais, en même temps qu'ils purgent le sol, ces fragments de roches, irrégulièrement dressés les uns à côté des autres et se servant mutuellement d'appui, forment dans leur ensemble une foule de cavernes anfractueuses dont les voûtes et les parois se couvrent d'une multitude d'huîtres dont la semence a été amenée du large par les courants.

Chaque parc devient, par conséquent, un appareil de curage que le jeu des eaux convertit en champ de production. « Il y en a déjà, dit M. Coste, 1,500 en pleine activité, régulièrement alignés comme les maisons d'une ville, ayant leurs grandes voies pour le service des voitures et leurs petits soutiens pour les piétons, occupant de la pointe de *Rivedoux* à la pointe de *Loix*, sur une longueur de près de trois lieues, une surface de 630,000 mètres carrés : travail gigantesque, poursuivi avec un entraînement sans exemple dans le reste du pourtour de l'île où deux mille établissements nouveaux sont en voie de création. »

Voici les résultats obtenus : « Les fragments de roches formant les murailles des parcs, ceux qu'on a accumulés dans les espaces que ces murailles circonscrivent, disparaissent sous l'immense gisement d'huîtres bientôt marchandes, comme le sol de nos pâturages sous l'herbe même qui le couvre. C'est un fait que chacun peut vérifier à son gré, quand la mer abandonne ces enclos collecteurs où l'on ramasse à pied sec le coquillage avec autant de facilité que s'il s'agissait d'un vignoble ou d'un potager. Les agents de l'autorité locale y ont compté, en moyenne, six cents huîtres par mètre carré, ce qui donne pour l'ensemble des parcs en activité un total de 378 millions de sujets, représentant une valeur de 6 à 8 millions de francs. La foi de ces modestes ouvriers, continue M. Coste, éclairée par un rayon de la science abstraite, a donc réussi à créer sur quelques kilomètres d'une plage improductive une plus abondante moisson que n'en fournit annuellement tout le littoral de la France. Que sera-ce quand le pourtour entier de l'île aura été mis en exploitation ? »

Telle est, en France, l'histoire de l'ostréiculture considérée sur deux de ses principaux théâtres, Saint-Brieuc et l'île de Ré. Le troisième méritant par son importance un développement notable, nous allons en faire l'objet de l'Étude suivante.

III

LES HUITRES DANS LA BAIE D'ARCACHON.

Il est incontestable que, de tout le littoral de la France, la Baie d'Arcachon est, par privilége de la nature, l'endroit le plus favorable à l'ostréiculture ; que, nulle part, les méthodes de M. Coste n'ont été ni mieux comprises, ni mieux appliquées ; que l'industrie seule des huîtres y est appelée à donner un revenu considérable, et qu'à ces divers titres, cette Baie mérite un sérieux examen.

1° *Elle est un grand centre de repeuplement*. Grâce à la qualité supérieure de ses fonds sablonneux et coquilliers, à l'excellence de ses eaux paisiblement agitées, les huîtres s'y multiplient avec profusion et grandissent vite ; ses quinze mille hectares de superficie peuvent être facilement convertis en un vaste champ huîtrier, véritable grenier d'abondance destiné à devenir, par la rapidité et la facilité des communications, le centre le plus actif des approvisionnements des marchés français et même étrangers.

2° Elle n'est pas seulement un grand centre de reproduction, mais en même temps (et de là vient sa supériorité sur les autres points du littoral) *un lieu de perfectionnement* où ce mollusque acquiert de lui-même tout naturellement des qualités de forme et de goût qui permettent de le livrer à la consommation. Les manipulations, les préparations onéreuses, si nécessaires ailleurs, sont ici supprimées. De là des économies qui, jointes à une abondance rare, abaisseront prochainement le prix des huîtres, à ce point qu'elles se trouveront à la portée des bourses les plus communes, et que les autres contrées soutiendront difficilement une concurrence dont tous les avantages seront pour notre Baie.

3° *La qualité de ses produits est excellente.* Très-estimées à Bordeaux et ailleurs, nos gravettes ont un goût exquis. Cultivées à la manière d'Ostende, elles seraient nacrées, transparentes, fines, délicates comme les huîtres de ce nom. Les terrains situés à l'est de l'île aux Oiseaux se prêteraient merveilleusement à la transformation de nos gravettes en huîtres vertes d'une qualité supérieure à celles de Marennes. Ce rapide aperçu trouvera son développement et sa démonstration dans l'étude du *passé*, du *présent* et de l'*avenir* de l'ostréiculture dans la Baie d'Arcachon.

PASSÉ. Cette baie a été de tout temps fréquentée par les huîtres, tant le sol et les eaux y sont en harmonie avec le tempérament de ces mollusques (1). Ses huîtres portent le

_____

(1) L'huître de gravette et le moule s'y multiplient avec une telle abondance, qu'ils y forment des bancs très-grands qui vont toujours

nom de *gravettes*, à cause du fond de graves et de sable qui
les reçoit. Elles affectent une forme toute particulière qui
les distingue des huîtres des autres parages, comme le démontrent les deux figures qui se trouvent à la fin de ce travail, et qui représentent une huître ordinaire mise en regard
d'une gravette. Dans la gravette, les deux valves à droite de
la charnière, au lieu de prendre la forme arrondie, s'al-
longent notablement et décrivent une espèce de croissant.
Ces mollusques formaient autrefois, dans la Baie, des bancs
épais et étendus, et l'on regardait ces parages comme une
mine inépuisable, lorsque plusieurs causes réunies détermi-
nèrent insensiblement ici, comme sur tout le reste du littoral français, une décadence complète qu'il eût été facile
d'éviter mieux qu'à Granville et à Cancale, au moyen d'une
bonne administration.

Les populations riveraines, ne tenant aucun compte des
règlements, se livraient à la pêche de ces mollusques. même
à l'époque du frai.

Malgré cette puissante cause de destruction, la source
aurait toujours été abondante, si, pour combler les vides
opérés sur les côtes de Bretagne, de Normandie, en Espagne,

croissant. Nous osons même assurer que ces deux espèces de coquillages
finiraient par former des îles et encombrer le Bassin, sans la pêche
continuelle qu'on en fait: Il arriva quelque chose d'approchant il y a
quelques années : nous voulons parler de l'époque où le Parlement de
Bordeaux défendit cette espèce de pêche... Pendant les deux années que
dura l'interdiction, ces deux bivalves se multiplièrent tellement, qu'on
les voyait par tas dans les ruisseaux, les rigoles, et jusque dans les
fossés qui environnent le Bassin, et dans lesquels la marée se faisait
sentir ; il arriva même que, privés d'eau d'une lunaison à l'autre, ils
périrent, se corrompirent et altérèrent la pureté de l'air par les miasmes
qui s'exhalèrent de leurs cadavres putréfiés. (THORE, *Promenades sur les
côtes de Gascogne*, 1810, p. 9. et 10.)

en Hollande, en Angleterre et ailleurs, un grand nombre de navires n'eussent pas transporté sur d'autres rivages les richesses de la Baie.

Un jour, au grand étonnement des habitants du pays, la mine se trouva épuisée. Les belles huîtres, qu'on donnait naguère pour 15 ou 20 centimes le cent, coûtaient, en 1840, 3 francs le cent. Encore, par leur rareté, n'étaient-elles le partage que de quelques privilégiés. *La vente annuelle ne dépassait pas un millier de francs.* La décadence était complète.

A cette époque, un industriel de Bordeaux (M. Nonlabade) qui, pour prendre les bains, s'était fixé dans l'île aux Oiseaux, essaya de guérir le mal. Observateur attentif, il remarqua, dans ses promenades solitaires autour de son île, que, la nature des fonds étant merveilleusement en rapport avec celle des huîtres, l'ostréiculture pourrait être la source de grands revenus. En conséquence, il sollicita des concessions de terrains. Après dix ans de demandes et d'instances, il obtint en 1849, au sud de l'île, une concession d'environ quatre hectares. Malheureusement des difficultés administratives l'empêchèrent de réaliser ses projets. D'autres mirent à profit son expérience et ses lumières. M. Durand, ancien avoué à Bordeaux, obtint, en 1854, l'autorisation d'un dépôt permanent dans l'île aux Oiseaux, au nord de la concession faite à M. Nonlabade. M. O. Lafon, capitaine au cabotage, imita bientôt son exemple. D'autres concessions eurent lieu les années suivantes : elles étaient au nombre de vingt en 1857. Toutefois cette industrie se trouvait menacée d'une ruine totale, lorsque le savant pisciculteur M. Coste reçut de S. M. l'Empereur la mission d'étudier la Baie d'Arcachon au point de vue de la pisciculture maritime.

M. Coste fit ses études au mois d'octobre 1859, et adressa, le 9 novembre suivant, à M. le Ministre de la Marine un rapport dans lequel la Baie est signalée comme *un véritable grenier d'abondance où l'on pourra créer quand on le voudra, sur les huit cents hectares de terrains émergents susceptibles d'être mis en exploitation, un revenu annuel de 12 à 15 millions.* M. Coste ajoute : « Quelle richesse pour la France et quel exemple pour les peuples !.... Un bien simple aménagement, une bonne garde et une grande installation d'appareils collecteurs de semence, donneront cette richesse et ce salutaire exemple. Le problème consiste à trouver un moyen économique d'accumuler un grand nombre d'embryons en des espaces restreints, et de les extraire aisément de ces reposoirs transitoires. Il faut, en un mot, organiser de véritables ruches où l'huître mère répande sa progéniture comme la reine-abeille son couvain sous des cloches articulées pour l'enlèvement des essaims : appareils de précision qui mettent la nature à l'abri de toute perturbation et portent l'industrie jusqu'en la demeure de l'homme, là où les eaux salées, rafraîchies par une communication avec la mer, sont retenues par artifice. Avec de pareils moyens, il n'y a plus un seul point, si réfractaire qu'il soit à la fixation du naissain, où l'on ne puisse désormais élever et multiplier le coquillage.

» Quoique la Baie d'Arcachon puisse être entièrement convertie en une vaste huîtrière, il y a deux emplacements cependant, la pointe de *Germanan* et l'espace compris entre *l'estey de Crastorbe* et le port de l'île aux Oiseaux, qui sont encore plus favorables que les autres à la reproduction. Les fonds vasards et coquilliers de leurs crassats et de leurs chenaux se prêteront admirablement à toutes les expériences.

» J'ai donc l'honneur de proposer à Votre Excellence que les agents de l'administration procèdent immédiatement à

l'organisation de *deux espèces de fermes-écoles* qui seront à
la fois des semoirs publics et de grands cantonnements pour
la concentration de la récolte......... .....

» Mais pour que la production emprunte à toutes les forces
vives ses moyens d'expansion, il sera bon aussi d'admettre,
dans une certaine mesure, la spéculation elle-même au bénéfice des concessions, en l'obligeant partout à l'association
avec les pêcheurs dont les droits seront garantis par des
contrats passés devant l'autorité dont ils relèvent. En sorte
que, sans rien aliéner, le Gouvernement pourra ouvrir largement la voie et y attirer ceux que le spectacle des pros-
pérités de l'industrie déterminera à s'y engager.

» Avec des moyens d'action efficaces et le concours de l'industrie privée, une subvention de 20,000 fr. permettra de
transformer en deux ans, au profit de tous et à l'honneur
du Gouvernement qui aura donné les mains à une pareille
entreprise, le Bassin d'Arcachon en un véritable grenier
d'abondance. »

Tels sont les principaux passages du rapport qui fut inséré
au *Moniteur universel*. Il eut un grand retentissement en
France, et surtout à Paris, et une ère nouvelle commença
pour l'ostréiculture dans notre Baie. La spéculation se pré-
cipita vers cette contrée. Les bureaux de l'inscription maritime furent bientôt encombrés de demandes de concessions
de dépôts. Parmi les solliciteurs se trouvaient de hauts fonc-
tionnaires, de riches capitalistes. L'autorité modéra l'élan
des spéculateurs, fit des règlements très-onéreux pour
les capitalistes, extrêmement favorables en apparence aux
marins, et finit par restreindre provisoirement le nombre
des concessions. Toutefois, elles s'élèvent à cent douze,
comprenant 400 hectares de terrain sur les 6 ou 800
hectares bons pour la reproduction des huîtres. Ainsi,

M. Coste doit être regardé comme le véritable fondateur de l'ostréiculture dans notre Baie. Il est pour elle ce qu'un autre génie fut pour nos Dunes : il est le Brémontier du Bassin d'Arcachon.

PRÉSENT. Contemplons la Baie au moment de la pleine mer. Elle présente l'aspect d'une petite mer intérieure d'environ 100 kilomètres de circonférence, participant faiblement au flux et au reflux de l'Océan. Sur la moitié de cette vaste Baie, du côté du levant, dans la partie comprise entre Arcachon, l'île aux Oiseaux, Piquey, Audenge, Gujan et La Teste, on remarque une centaine d'habitations flottantes au-dessus desquelles s'élève une colonne de fumée semblable à celle de la cheminée d'un petit bateau à vapeur. Ce sont des pontons servant de logement aux gardiens des dépôts. Ordinairement ils se trouvent placés vers le centre de ces étroits mais riches domaines, composés d'environ quatre hectares. Une balise surmontée d'un grand numéro d'ordre, peint en blanc sur un fond noir, est plantée à l'une des extrémités de chaque propriété et reste apparente même aux plus hautes marées. Des jalons en branches de pin, distribués de distance en distance, et décrivant tantôt des cercles, tantôt des trapèzes variés, fixent les limites de chaque parc.

Le sol de ces parcs faisant partie du domaine public maritime, *les concessions de dépôts d'huîtres*, dit le règlement *actuellement en vigueur, ne constituent pas un droit de propriété, mais seulement un titre d'usage révocable à volonté, sans aucune indemnité, au gré de l'administration, qui rentrera, quand elle le jugera convenable, en jouissance des emplacements dont elle aura autorisé l'affectation momentanée à la création de dépôts permanents d'huîtres.* Des concessions de cette nature entravant l'exercice des droits des marins pour les pêches, l'administration a cru rétablir l'équilibre en offrant des avantages considérables à cette classe si utile au Gouvernement et à la société. Ainsi, *les dépôts permanents ne sont exploités que par un marin seul. Les associations ne doivent pas comprendre plus d'un associé non marin. Les détenteurs ne peuvent employer, pour l'exploitation de leurs dépôts et les soins à donner aux huîtres, que des inscrits ou des femmes d'inscrits.*

Voici d'autres points du règlement : *chaque détenteur ne peut exploiter plus d'un dépôt, et il est interdit à tout détenteur de prendre aucun intérêt dans l'exploitation d'un autre établissement que celui qu'il a été autorisé à former. Les concessions sont personnelles, et il est rigoureusement interdit de les vendre, de les louer, de les transmettre à quelque titre que ce soit.* Les personnes étrangères à la marine, qui veulent se livrer à cette industrie, doivent, avant de demander un parc, s'associer préalablement avec un ou deux inscrits qu'elles désigneront à l'autorité maritime et qui auront part au bénéfice de l'exploitation. La demande est adressée sur papier libre au Ministre de la marine. L'autorisation obtenue, l'entrée en jouissance ne peut avoir lieu qu'après qu'il a été donné communication au commissaire de l'inscription maritime des conditions de l'association. Cet administrateur est chargé d'apprécier si la part faite à l'inscrit dans les bénéfices supposés est suffisante. Dans ce but, des titres réglant les bases de l'association sont présentés à ce fonctionnaire, qui en reçoit une double expédition.

Dans le courant de la première année de l'autorisation, les détenteurs sont tenus de verser sur leurs fonds 20,000 huîtres par hectare, et prennent l'engagement de se livrer aux essais de reproduction qui leur seront indiqués, mais ils ne pourront faire aucune espèce de travaux d'art.

Les dépôts devenus vacants pour quelque cause que ce soit ne pourront être exploités qu'en vertu de permissions nouvelles de l'autorité maritime seulement.

Ils verseront, la première année, la somme de 10 fr., et les années suivantes celle de 20 fr. par hectare, en faveur de la Société de secours mutuels des marins de Notre-Dame d'Arcachon.

Telles sont les principales dispositions du règlement. Nous avons dû les faire connaître. Il suffit de jeter les yeux sur le règlement pour se convaincre qu'il porte à faux complètement; que la fidélité à l'accomplir de point en point entraînerait infailliblement la ruine de l'ostréiculture dans la Baie d'Arcachon; qu'il est urgent de lui substituer un règlement qui concilie sagement les intérêts de l'industrie avec ceux de l'inscription maritime.

Voici le moment où la Baie a changé d'aspect : les eaux ont repris leur route vers l'Océan ; c'est l'heure de la basse mer. Les *crassats* (bancs de sable) sont à nu, et les pontons se trouvent à sec. De tous côtés, sur les parcs, on voit les marins, leurs femmes et leurs enfants, occupés dans ces domaines : ils ressemblent à des groupes de glaneurs dans un champ.

Allons étudier sur les lieux, l'ingénieuse industrie de l'élève des huîtres.

Cette culture a la plus grande analogie avec celle des terres. La connaissance du terrain, sa préparation, les semailles des huîtres mères, la récolte du naissain, le *détroquage* ou désagrégation des jeunes huîtres, leur distribution sur d'autres fonds, la destruction des coquillages et des végétaux qui pourraient les étouffer ou leur nuire, établissent une ressemblance frappante entre l'agriculture sous-marine et l'agriculture proprement dite. On cultive une huître comme un grain de blé.

Dans ces métairies sous-marines, un intervalle de 15 mètres sépare les dépôts de la laisse des basses mers. Un chemin de service d'un mètre environ de large, pour la circulation et l'exploitation, se trouve entre les divers dépôts. Chaque parc est comme un jardin divisé en compartiments ou carreaux, limités par des jalons ou par d'étroits sentiers (1).

Dans les compartiments les plus rapprochés des chenaux, se trouvent les appareils collecteurs, espèces de pépinières, de ruches, de réservoirs ou de greniers destinés à recueillir le naissin, c'est-à-dire la graine. Dans d'autres on rencontre les huîtres qui sont adhérentes les unes aux autres, et qu'il faut séparer ou *détroquer*. Ici c'est le carreau des jeunes mollusques; là est celui des mollusques plus avancés en âge; plus loin est le compartiment des huîtres marchandes.

Parmi les ouvriers de ce domaine, les uns s'occupent des appareils collecteurs, les délivrent de la vase, des herbes, des vers, qui étoufferaient le naissin; les autres recueillent la semence que ceux-ci *détroquent*, que ceux-là distribuent dans le dépôt. Ces derniers jouent le rôle des moissonneurs en recueillant les huîtres qui vont être livrées à la consommation.

Mais, pour mieux comprendre cette agriculture sous-marine, étudions-la dans les *deux fermes-modèles* établies aux frais de l'État, depuis environ deux ans, au centre de la Baie

---

(1) Dans les dépôts, les sentiers sont inutiles et même funestes; *inutiles*, parce que, avec les patins, on peut aller partout sans danger pour les huîtres que les patins n'enfoncent jamais dans le sable assez pour les étouffer; *dangereux*, parce que, si on les parcourt sans patins, on étouffe les huîtres qui peuvent s'y trouver, et l'on crée des mares d'eau qui deviennent impraticables et funestes à l'économie des parcs.

d'Arcachon, entre *Arès* et *l'île aux Oiseaux*. Elles ont ensemble 22 hectares de superficie. Le Gouvernement s'y occupe en grand de l'élève des huîtres, conformément aux instructions de M. Coste.

Dans chacune de ces fermes se trouve un ponton où chaloupe pontée, à deux compartiments ou chambres pour ceux qui surveillent et qui contribuent au service de l'exploitation. Un grand nombre d'appareils collecteurs de tout genre couvrent des terrains choisis et préparés d'avance.

Nous avons vu que les jeunes huîtres, en quittant les valves de la mère, errent çà et là au sein des eaux, et semblent y chercher des conditions propres à faciliter leur adhérence et leur développement ultérieur, c'est-à-dire des corps solides, offrant des surfaces légèrement rugueuses et à l'abri de l'envahissement des vases. C'est pour créer de semblables conditions, sans lesquelles ces mollusques périssent, infailliblement, qu'ont été imaginés les appareils collecteurs. Afin d'éviter les dangers d'une trop longue exposition aux fortes chaleurs ou au froid rigoureux, les gardiens ont choisi, dans la partie la plus déclive des fermes, les endroits qui découvrent le moins, sont remplis d'herbes marines et ont toujours des filets d'eau. Les divers appareils y sont mis en place peu de jours avant l'époque active de la reproduction, c'est-à-dire dans la première quinzaine de juin, ou vers la fin de mai, si les chaleurs sont hâtives. Plusieurs milliers d'huîtres mères, objet d'un choix particulier, sont déposées sur ces fonds, par rangées parallèles, entre lesquelles sont ménagés des chemins pour la libre circulation des agents de l'exploitation.

Au-dessus de ces plates-bandes se trouvent alignées bout à bout des caisses de trois mètres de long sur deux de large et cinquante ou soixante centimètres de profondeur, cons-

truites en planches de pin, défoncées par la partie infé-
rieure, et maintenues par des pieux à une certaine hauteur
du sol (35 ou 40 centimètres). Plusieurs de ces caisses re-
çoivent suspendues dans l'intérieur les fascines que leur capacité comporte. D'autres sont vides, mais le ciel de leurs
planchers, déchiré en copeaux adhérents, naturels ou goudronnés, offre au naissain des lambeaux fragiles qui rem-
placent les fascines. D'autres ont le ciel des planchers non-
seulement déchiré en copeaux goudronnés, mais encore
couvert d'une foule de petites coquilles. Ailleurs, les appareils se composent d'une simple charpente plate recouverte
en tuiles creuses sous lesquelles on a placé des huîtres
mères. Chaque rangée d'appareils est protégée par une enceinte ou clayonnage qui arrête le frai, les algues, les vases,
les éléments qui troubleraient le travail des huîtres.

Le frai des mères, emporté par les molécules d'eau, s'é-
lève et vient s'attacher aux tuiles, aux fascines, au ciel des
collecteurs. Ainsi fixé, l'embryon se développe. Cinq ou six
mois après la ponte, les jeunes huîtres, ayant pris un accroissement convenable, on démonte les appareils, on dé-
tache les huîtres pour les semer dans les parcs, et les collecteurs sont remis en magasin jusqu'à la saison suivante.

De tous les appareils usités dans les fermes-modèles, le
meilleur, selon nous, est celui dont le ciel des planchers et
les fascines, après avoir été goudronnés, ont reçu des dé-
bris de coquilles. Il est simple, économique, produit beaucoup. Les huîtres peuvent être facilement récoltées et pré-
sentent des formes agréables; tandis que, dans la plupart
des autres systèmes, ces mollusques, s'incorporant ordinairement dans les collecteurs par la totalité de l'une de leurs
valves, ne peuvent être détachés sans des pertes considérables. Les huîtres dont les adhérences ne sont ni aussi

larges, ni aussi intimes, contractent le plus souvent des formes défectueuses.

Il nous a été donné de constater, il y a quelque temps, dans les fermes-modèles, les merveilleux résultats des appareils auxquels nous venons d'accorder la supériorité sur tous les autres. Le ciel des planchers et les fascines, goudronnés et couverts de coquilles, étaient littéralement couverts de jeunes sujets. Les fascines portaient, dans leurs branches et sur leurs moindres brindilles, des bouquets d'huîtres en si grande profusion, qu'elles ressemblaient à ces arbres de nos vergers qui, au printemps, cachent leurs rameaux sous l'exubérance de leurs fleurs. On aurait dit de véritables pétrifications. Pour ajouter foi à une telle merveille, il faut en avoir été le témoin.

Pour compléter cette étude de l'état présent de l'industrie des huîtres dans notre Baie, nous allons donner des chiffres puisés à bonne source, avec le désir de l'exacte vérité.

Aux mois de mars et d'avril 1860, il est entré dans la Baie 43 navires chargés d'huîtres, venant du Morbihan, de Noirmoutiers, de Marennes, de l'île d'Aix et d'Espagne. Un bateau chargé d'huîtres est arrivé à Bordeaux, où son chargement a été mis dans les wagons du chemin de fer. Il est arrivé à bon port dans la Baie.

Ces divers moyens de transport y ont amené 10,500,000 huîtres, dont 10 millions pour les particuliers et 500,000 pour l'État.

170 marins, dont 50 gardiens et 120 sociétaires, trouvent dans cette industrie une existence aisée. Les appointements des gardiens s'élèvent au moins à 700 fr.

Un brick de l'État, avec un équipage de 40 hommes, surveille, exploite les fermes-modèles, et dépense environ 80,000 fr. annuellement.

Plusieurs charpentiers sont occupés à la construction des pontons, des tilloles, des appareils collecteurs.

Avant la création des dépôts, les huîtres avaient presque entièrement disparu de la Baie, où elles abondent aujourd'hui. Leur pêche, insignifiante autrefois (un millier de francs), a produit cette année au profit des marins, *en dehors des parcs concédés*, la somme de 280,000 fr.

L'ostréiculture exigeant des soins assidus, beaucoup de familles s'y livrent, surtout en hiver, et entraînent pour chaque parc une dépense annuelle qui n'est pas au-dessous de 300 fr.

La vente des huîtres pour la consommation, qui fut l'an dernier de 3 millions, s'élève cette année à 8 millions de sujets. Elle est, pour le chemin de fer, la source d'un grand revenu.

L'importance actuelle de cette industrie dans notre Baie ressort du tableau suivant :

10,500,000 huîtres importées par 43 navires, à raison de 10 fr. le millier......................................	105,000ᶠ
60,000,000 d'huîtres pêchées cette année en dehors des parcs, soit 60,000 paniers, à 5 fr. l'un.........	280,000
20,000,000 d'huîtres provenant des collecteurs de l'année courante, à raison de 10,000 fr. le million...	200,000
6,000,000 d'huîtres livrées à la consommation et transportées hors du pays, à raison de 26,000 fr. le million	156,000
2,000,000 d'huîtres consommées dans la contrée, à 20,000ᶠ. le million	40,000
98,500,000	
Appointements de 112 gardiens, à 700 fr. l'un.	78,400
Valeur approximative des pontons, tilloles, collecteurs, etc., à 1,500 fr. l'un......................	168,000
A reporter.	1,027,400ᶠ

Report..	1,027,400ʳ
Emoluments des notaires, receveur de l'enregistrement, plans des dépôts, etc., à 100 fr. l'un...	11,200
Dons de 10 et 20 fr. par hectare et par an au profit de la Société de secours mutuels des marins...	8,000
Faux frais pour la culture, l'élève des huîtres, leur détroquage et triage, etc., à 300 fr. chaque parc.	33,600
Total..........................	1,080,200ʳ

Ainsi, l'industrie qui, avant M. Coste, produisait un revenu d'environ 1,000 fr., donne dès à présent celui de 1 million au moins.

Hâtons-nous de dire qu'elle est encore dans sa plus tendre enfance. Que sera-ce quand elle aura reçu le développement dont elle est susceptible !

AVENIR. L'avenir de l'ostréiculture dans la Baie d'Arcachon est tout entier dans cette parole de M. Coste (rapport du 9 novembre 1859) : « *On pourra créer quand on le voudra, sur les 800 hectares de terrains émergents susceptibles d'être mis en exploitation dans la Baie d'Arcachon, un revenu de 12 à 15 millions.* »

Laissons au savant professeur d'embryogénie au Collége de France le soin de mettre en relief cette importante vérité : « Grâce aux appareils collecteurs, cette industrie, dit-il, est dès à présent en mesure de retenir plus de cent mille embryons par chambre d'un mètre cube de capacité. En sorte que, avec un simple outillage de douze à quinze ruches de cette dimension, elle obtient le million de sujets qu'elle peut élever par hectare. Or, ce nombre d'huîtres représentant dans les parcs, quand elles y sont devenues marchandes, une valeur de 25,000 fr. au moins, il s'ensuit que les 800 hectares doivent produire un revenu annuel de 12 à 15 millions. »

Observons que, pour fournir annuellement un million d'huîtres à la consommation, un hectare doit en posséder deux ou trois millions simultanément, parce que, ordinairement, elles ne sont vendables qu'à la troisième année. Or, un hectare admet facilement ce nombre. En effet, pour être marchande, une huître doit avoir 6 ou 7 centimètres de diamètre. Supposons qu'elle occupe une superficie de 10 centimètres carrés, il en entrera cent dans un mètre carré et un million dans un hectare qui comprend 10,000 mètres carrés. Mais ce million d'huîtres, ne remplissant par le fait que les deux tiers de la superficie, il y aura place sur l'autre tiers pour le million qui, à cause de son âge et de ses faibles dimensions (3 à 4 centimètres de diamètre), devra être mis en vente seulement l'année suivante.

Ajoutons qu'un hectare ainsi organisé deviendra le meilleur de tous les collecteurs, et se couvrira infailliblement, à l'époque des pontes, d'un nombre d'embryons égal et même supérieur au million nécessaire pour la troisième année.

De plus, comme en bonne ostréiculture on peut très-bien superposer jusqu'à un certain point les huîtres dans les dépôts, il s'ensuit qu'un hectare de terrain comporte nonseulement un ou deux millions de ces mollusques, mais encore plusieurs millions. Par conséquent, un hectare de terrain peut fournir annuellement un million d'huîtres comestibles, quand même il ne serait pas également bon et couvert dans toutes ses parties.

Sans doute on aurait tort d'attribuer une fertilité sans reproche aux 800 hectares en question. Tous ne sont pas susceptibles de donner régulièrement un million d'huîtres.

Mais ce déficit n'est-il pas surabondamment compensé par le reste de la Baie? Ne perdons pas de vue que ces 15,000 hectares peuvent être transformés en une vaste huîtrière, et le seront certainement, grâce à la prodigieuse quantité de semence répandue de tous côtés au moyen des dépôts permanents, des fermes-modèles et des bancs naturels.

Ces détails démontrent suffisamment que les prévisions de M. Coste peuvent être réalisées et même dépassées.

Disons donc avec lui : « Quelle richesse pour la France ! et quel enseignement pour les peuples !... » Aussi la population du littoral n'a-t-elle qu'une voix sur l'avenir réservé à l'ostréiculture. Elle demande avec empressement des concessions de parcs. Les capitalistes du pays ne négligent rien pour en obtenir; et cette branche d'industrie absorbe presque tous les capitaux de la contrée, tant le résultat paraît incontestable !

Il y aura sans doute des mécomptes, des pertes considérables qui entraîneront peut-être la ruine de quelques familles. Mais où est l'industrie qui ne laisse rien à désirer? où est celle qui n'a pas eu des revers? Nous n'espérons pas faire exception à la règle. Tous les dépôts ne seront pas également bons, et les concessionnaires également intelligents, actifs et heureux. Quoi qu'il en soit, nous devons établir en principe que la Baie d'Arcachon est, pour l'ostréiculture, un grenier d'abondance.

L'abondance n'a-t-elle pas ses dangers? ne causera-t-elle pas une baisse redoutable? Rassurez-vous : le péril n'est pas imminent. Ni les particuliers, ni la sage et louable compagnie qui s'est formée depuis un an pour la vente des huîtres, n'ont pu suffire, cette année, aux nombreuses demandes qui leur ont été adressées. Espérons qu'il en sera ainsi en 1862, et peut-être même en 1863. En attendant, si nos huîtres abondent, les voies ferrées, l'industrie, le commerce, le bien-être font des progrès merveilleux et doivent dissiper les craintes. Quels débouchés n'avons-nous pas? Sans compter l'Afrique, le nord de l'Italie et la Suisse, nos huîtres sont appelées à servir d'aliment au midi et au centre de la France, c'est-à-dire, à plus de 20 millions de personnes. Supposons que les 800 hectares dont parle M. Coste produisent une vente annuelle de 800 millions d'huîtres, où sera le péril? Cette prodigieuse quantité donnera 40 huîtres par personne. Est-ce donc qu'à cette époque les progrès en tout genre ne faciliteront pas l'écoulement des produits? S'il y a baisse, elle ne sera jamais trop forte; elle mettra ces mollusques à la portée des bourses les plus communes; l'abondance dédommagera de la réduction du prix, et les hommes compétents assurent qu'il ne descendra jamais au-dessous de 2 francs le cent. Or, à ce prix, l'ostréiculture sera toujours un trésor pour la contrée.

Livrons-nous donc sans crainte à cette industrie. Étudions les moyens de l'élever à sa plus haute puissance.

1° *Multiplication des parcs.* La Baie renferme environ 600 hectares de fonds excellents par eux-mêmes. 422 hectares étant déjà concédés, il en reste sans emploi 178 qui serviraient, à raison de 4 hectares par dépôt, à former 44 nouvelles concessions. Le naissain provenant des nouveaux et des anciens parcs se répandrait abondamment dans toute la Baie pour la peupler; et désormais, les pêches accomplies en dehors des dépôts, au lieu de donner, comme cette année, 280,000 francs de revenu aux marins, produiraient toujours dans les proportions des concessions faites. Il importe donc beaucoup de livrer à l'industrie privée, aussitôt que possible, les 178 hectares en question. Ce fait une fois ac-

compli, les industriels ne manqueront pas de faire de nouvelles demandes. Alors, l'administration mettrait à leur dis-
position les terrains qui ne découvrent pas ou qui découvrent
trop longtemps; elle travaillerait à rendre propres à la culture des huîtres les vastes bancs de graves sablonneuses qui
s'étendent du cap Ferret vers Arès, ainsi que les prés salés.

Pour obtenir ce précieux résultat, que faudrait-il? Un
certain nombre d'huîtres mères seraient submergées dans
les fonds qui ne découvrent jamais. Soumise aux diverses
pratiques d'une exploitation régulière, cette métairie, tout
à fait sous-marine, serait pavée d'écailles d'huîtres ou de
tout autre coquillage, ou bien encore de cailloux et de tuiles
creuses, de manière à ce qu'il ne pût y tomber un seul embryon sans y rencontrer un corps solide pour s'y fixer. De
longues lignes de fascines, disposées en travers, comme des
barrages échelonnés d'une extrémité à l'autre de chaque dépôt, pourraient y être placées; ces fascines formeraient de
véritables appareils collecteurs de semence. Les huîtres
seraient endiguées, parquées, engraissées dans les fonds que
la mer découvre longtemps. Les bancs de sable et les prés
salés, véritables champs destinés à l'agriculture maritime,
subiraient les préparations que comporte l'élève des huîtres.
Dans ce but, on prendrait au fond des chenaux le trop plein
de vase et d'herbes, pour le transporter sur les terrains
purement sablonneux qui deviendraient ainsi favorables aux
huîtres. Dans les prés salés, on déposerait la vase, les
herbes; on creuserait des réservoirs pour mettre ces mollusques à l'abri des rigueurs de l'hiver et des chaleurs de
l'été. Là encore, aussi bien peut-être que dans la partie
Est de l'île aux Oiseaux, il serait possible d'obtenir des
huîtres vertes.

2° Multipliez donc les dépôts; *mais surtout multipliez les huîtres dans les dépôts.* Cette considération est de la plus haute importance. En effet, un parc bien rempli constitue le meilleur de tous les appareils collecteurs de semence. De plus, qu'il soit peu ou abondamment fourni, ses frais généraux d'embarcation, de surveillance et d'entretien sont à peu près les mêmes. Mais les revenus sont bien différents. L'expérience a démontré qu'un parc irréprochable de quatre hectares exige une dépense de 20,000 fr., dont 15,000 pour la première année et 5,000 pour les deux autres ; que l'installation la plus parcimonieuse entraîne un déboursé de 6,000 fr., dont 3,000 pour la première année et 3,000 pour les deux autres (les revenus d'un parc n'ont lieu qu'à la fin de la troisième année de sa formation). Mais tandis que, dans ce dernier cas, on obtient une rentrée de 2,000 fr. par la vente de 80,000 huîtres à 25 fr. le millier, dans le second, le million d'huîtres vendues à 25 fr. le millier produit 25,000 fr., c'est-à-dire la rentrée du capital et des intérêts.

En résumé, les hommes compétents dans la matière s'accordent à reconnaître qu'un parc de quatre hectares, bien entretenu, doit, à la fin de la troisième année de sa création, rembourser intérêts et capital ; et, par conséquent, produire les années suivantes un revenu net de 18 à 20,000 fr. Quel trésor !.... Multipliez donc les huîtres dans les dépôts conformément aux données de la science.

Mais la quantité ne doit pas faire oublier la qualité ; et il importe beaucoup de ne pas accepter indistinctement les huîtres étrangères Accordez la préférence à celles du nord. Elles s'acclimatent plus facilement que celles du midi. Ordinairement maigres quand elles arrivent chez nous, elles s'engraissent rapidement dans les parcs et y prennent bientôt la forme allongée de nos gravettes. Donnez-leur, comme à toutes les huîtres quand elles deviennent marchandes, une place de choix, c'est-à-dire un fond sablonneux. Ainsi sera résolu le problème de la quantité et de la qualité pour l'ostréiculture, problème qu'un bon gardien doit travailler à résoudre avec une persévérance infatigable.

Gardien. Le gardien est l'âme et la vie d'un parc. Il dispose de la fortune de ses maîtres. Qu'il s'attache à bien comprendre que son rôle ne se borne pas à prévenir et réprimer les fraudes. Si telle était son unique mission, les parqueurs, au lieu d'entretenir 112 gardiens qui, à 700 fr. l'un, reviennent à 78,400 fr., auraient tout simplement 10 gardes jurés qui, à 1,200 fr. l'un, coûteraient 12,000 fr., exerceraient une surveillance largement suffisante, et économiseraient annuellement à l'ensemble des industriels une somme de 66,400 fr. Le rôle des gardiens ne s'arrête donc pas à la surveillance. Ils ont à remplir un mandat autrement important, et ils sont avant tout cultivateurs. Un petit mais riche domaine est confié à leurs soins. Sans cesse ils doivent l'étudier pour en connaître le fort et le faible, les bons et les mauvais terrains, ceux qui favorisent le repeuplement, ceux où les huîtres se développent, s'engraissent et prennent la forme et le goût exquis des gravettes. Un bon cultivateur trouve *toujours* matière à s'occuper dans son domaine sousmarin, et la diversité des saisons fait seulement varier la nature de ses travaux. Ces travaux n'ont pas, toute l'année, le même degré d'importance et de nécessité. Multipliés à l'époque des semailles (avril et mai), et surtout à celle de la récolte (de septembre à février), ils accordent un peu de repos dans la saison du frai (de juin en septembre). Toutefois, même alors, l'emploi du temps est facile à trouver. Tout en s'abstenant autant que possible de parcourir le dépôt même avec des patins, afin de ne pas troubler la ponte des huîtres, néanmoins il faut veiller toujours à ce que la vase, les sables, les herbes, les poissons ennemis, surtout les moules, ne l'envahissent pas.

Mais les grands travaux commencent en septembre et se prolongent jusqu'au mois de mai. Une inspection générale de toute la propriété doit en signaler l'ouverture. Le sol est aussitôt purgé des matières inutiles ou nuisibles. D'un côté on enlève le trop plein de vase pour le transporter sur un fond purement sablonneux ; de l'autre, on élague les mauvaises plantes, on arrête ou détourne des courants, on ménage sur certains points des filets d'eau pour alimenter le parc aux heures des basses-mers. Après ce travail préparatoire, les huîtres mères, devenues maigres, sont mises comme au pacage pour être engraissées. On change souvent de place tous ces mollusques pour les polir, les faire croître et les rendre meilleurs. Chaque âge a son compartiment. Environ six mois après la ponte, il faut extraire le naissain des collecteurs et le semer dans ses carreaux. Des occupations de cette nature exigent plusieurs ouvriers. Le gardien les surveille, les dirige, distribue à chacun son rôle. Les uns nettoient les appareils, les autres détroquent les huîtres ; ceux-ci les sèment, ceux-là font le triage, choisissent les huîtres marchandes, les disposent dans des paniers ; d'autres les livrent à la consommation. Tous font la guerre aux ennemis des huîtres (les canards, les poissons) et surtout au *crabe (cancer menas)* et au *nassa reticulata,* vulgairement appelé *courmailleau,* deux ennemis terribles par l'union de leurs attaques. La *nasse* se fixe aux valves de l'huître, y adhère fortement, perce avec plus de régularité qu'une vrille, à l'aide de sa fine trompe, le test de l'animal. L'huître une fois morte, ou du moins affaiblie, ouvre ses valves, et le crabe, qui n'aurait pu les disjoindre au moyen

de ses pinces, s'y précipite et dévore le mollusque que la
nasse est venue lui livrer au prix d'un long travail, de cinq
jours quelquefois. Les *nassa reticulata* abondent dans les
parcs, et leurs œuvres de destruction sont très-considé-
rables.

Ce rapide aperçu démontre suffisamment que le gardien
est à son domaine sous-marin ce que l'agriculteur est dans
une ferme proprement dite; qu'il en est la tête, l'âme, la
vie, et dispose de la fortune de ses maîtres; que le choix
d'un garde est de la plus haute importance; qu'un bon cultivateur doit être rémunéré, encouragé selon son mérite;
que, l'ostréiculture étant assimilée à l'agriculture ordinaire,
il faut créer des comices ostréicoles semblables aux comices
agricoles, propageant les bonnes méthodes, établissant des
concours, distribuant des primes d'encouragement. Nous
applaudissons de tout notre cœur à la création récente d'une
société qui a pris le titre de *Comice maritime, scientifique et
industriel du Bassin d'Arcachon*. Ce comice se propose :
1º de rechercher, étudier, expérimenter et vulgariser les
meilleurs procédés de culture des mers; 2º de rechercher
les conditions les plus favorables à leur développement industriel et commercial; 3º d'encourager les efforts des travailleurs. Fondé le 7 mai dernier, il soumettra bientôt à
l'approbation de M. le Préfet ses statuts, déjà élaborés avec
soin. La Société Linnéenne de Bordeaux, qui s'est trans-
portée sur nos rivages, le 27 juin de cette année, pour s'y
livrer à des études d'ostréiculture, a bien voulu entourer sa
jeune sœur d'Arcachon d'une touchante bienveillance. Puisse
ce comice réaliser ces magnifiques projets et élever dans
notre Baie l'ostréiculture à sa plus haute puissance !

Mais ce précieux résultat dépend *surtout* de l'union de
deux grandes puissances de notre siècle, l'*Industrie* et l'*Ins-*

cription maritime : — l'*Industrie!* qui, n'étant plus localisée comme autrefois, où elle s'appelait Tyr, Sidon, Carthage, Gênes, Venise ou la ligue anséatique, s'appelle aujourd'hui presque tout le monde civilisé, a ses manufactures, ses usines, ses banques, son crédit mobilier, ses chemins de fer, etc., ne se laisse arrêter dans sa marche ni par la différence des climats, ni par les habitudes anciennes, ni par l'intérêt actuel des populations, ni même par la répugnance des idées, et dispose, de nos jours, d'une force qui dépasse tout ce qu'on peut imaginer quand on n'a pas étudié la question ; — l'*Inscription maritime!* cette autre puissance que beaucoup d'États nous envient, qui, fondée en 1665 par l'immortel Colbert, est maîtresse du domaine des mers, compte 170,000 marins à ses ordres, et constitue la force navale de la France.

Or, il arrive que ces deux grandes puissances, dont l'une vit de liberté, l'autre de monopole exclusif, j'allais dire de despotisme, sont presque toujours en contact. Si elles se font la guerre, elle sera fatale à l'ostréiculture et au bien-être des populations ; si elles sont unies, quelles richesses pour les nations !

Mais cette paix si désirable est-elle possible ? Oui, moyennant des concessions mutuelles et des sacrifices réciproques : sacrifice d'un peu de liberté d'un côté, et, de l'autre, sacrifice d'un peu d'autorité. L'inscription maritime doit faire les premières avances en mettant à néant une foule de règlements, véritables entraves pour les marins eux-mêmes, qu'ils tiennent trop en tutelle, et surtout pour l'industrie, qui ne peut se développer avec ces entraves. Qu'elle laisse à l'industrie la paisible jouissance de sa propriété, en conciliant les intérêts des marins avec ceux des capitalistes.

Alors les capitaux se précipiteront vers le riche domaine

de l'inscription maritime pour le cultiver; et, sans parler des autres rivages, nous verrons se réaliser dans la Baie d'Arcachon les prévisions de M. Coste : « *On pourra créer quand on le voudra, sur les 800 hectares de terrains émergents susceptibles d'être mis en exploitation dans la Baie d'Arcachon, un revenu annuel de 12 à 15 millions.* »

FIN.

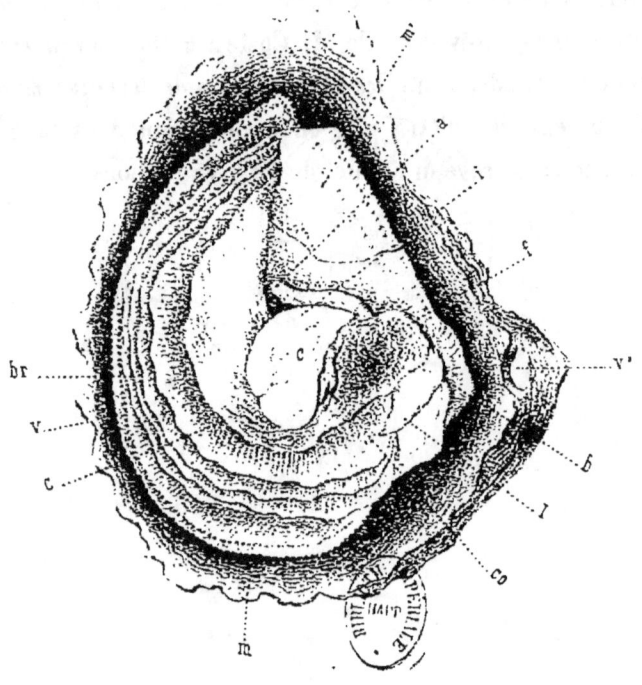

Anatomie de l'huitre de gravette (1).

(1) v, l'une des valves de la coquille ; — v', sa charnière, — m, l'un des lobes du manteau , — m', portion de l'autre lobe reployée en dessus — c, muscles de la coquille ; — br, branchies ; — b, bouche ; — t, tentacules labiaux ; — f, foie ; — i, intestins ; — a, anus ; — co, cœur.

Lith. Charles Bochman.

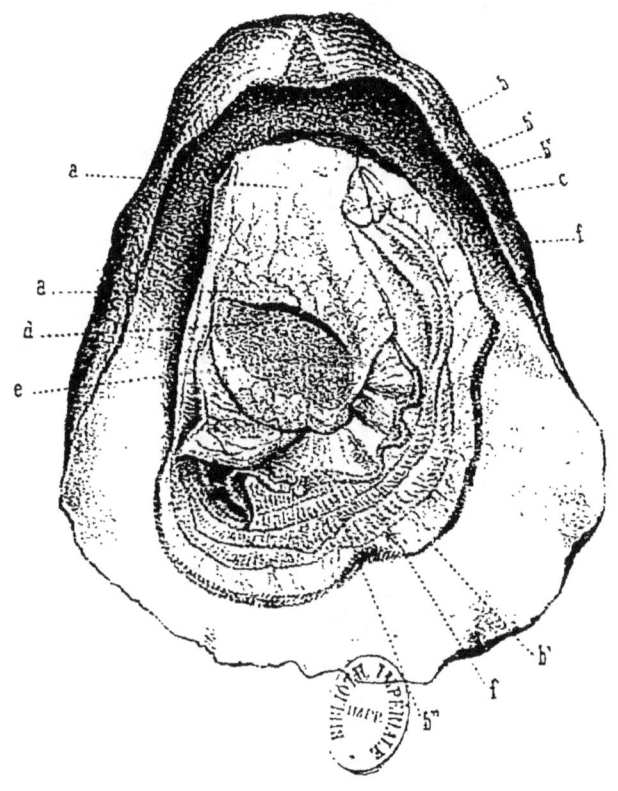

Anatomie de l'huitre ordinaire (2).

(2) a, a, glande sexuelle; — b, capuchon du manteau sous lequel se
trouve la bouche; — b' b', lobe gauche du manteau; — b" b", lobe
droit du manteau fortement rétracté; — L'espace compris entre ces lobes est occupé par les lames branchiales, et forme la cavité extérieure du
manteau dans lequel les œufs restent en incubation. — c, palpes labiaux;
— d, cavité du péricarde; — e, muscles adducteurs des valves; —
f, f, branchies.

www.ingramcontent.com/pod-product-compliance
Lightning Source LLC
Chambersburg PA
CBHW061650180626

46818CB00003B/1033